별은 눈물로 뜬다

권정희 시집

시와소금 시인선 · 049

별은 눈물로 뜬다

권정희 시집

시와소금

시인의 말

날마다 봄날이었으면 좋겠습니다.
툭툭 터지는 벚꽃처럼
흐드러지는 시심을 키워가고 싶습니다.
그리하여 어느 날, 시가 되지 못하고
눈꽃처럼 흩날리는 시어들의 등에
눈물로 작별하고 싶습니다.
순간, 순간들을 기억하며 그 날을, 그 꽃길을 가슴
안에 새기고 싶습니다.

차례

시인의 말

제1부 풀의 노래

제2부 눈 내리는 숲에 들면

제3부 홀아비바람꽃

제4부 직지, 너를 그리며

해설 | 박지현

제 **1** 부

풀의 노래

생인손

지난날의 단죄인가
손끝에서 오는 통증
써렇세
독으로 앉은
누군가의 마음 꽃
캄캄히
눈물이었을
꽃이 핀다
너 없는 봄

안부

문지방을 넘어오는
파도와도 같은 것

때로는 밀물처럼
때로는 썰물처럼

수시로
철썩거리며
온몸을 휘젓는 것

산에 물들다

산철쭉 톡톡 터지는
5월 산에 가 보아
겨우내 신열 앓던 산이 빚은 함성늘이
온 산을 넘실거리며 붉디붉게 타고 있어

내가 산을 품은건지
산이 나를 품은건지
세상사 시들해지게 붉디붉게 불 밝혔어
모를 일, 모를 일이야
천지간의 이 조화

산에는 메아리가 산다

비 그친 새벽
안개 분분한
숲 속 오솔길엔 고요가 가득하다
내밀한 숲의 정기가 푸르도록 눈부시다

밟으면 감기는 듯
다가서는 골을 따라
말갛게 씻긴 몸을 당겨 안고 올라보면
누군가 숲을 흔드는 울림소리 낭낭하다

저 숲을 어우르는
천의 손을 가진 자는
어디쯤, 골 어디쯤
제 울음을 풀어 놓고
새도록 피 닳는 목숨 메아리로 빚는지

가만한 바람결에도 제 그림자를 지우고

쩡쩡한 울음소리만 띄워 놓고 사라진다
산에는 슬퍼도 사는 메아리가 살고 있다

선바위

죽음인양 고요하다
절집 같은 산중에는

풀어놓은 사연조차
이울고 바래었다

별지고 달빛 환한 날
석불로나 앉아볼까

생각이 넘치거든
산도 거뜬 지워보고

피안彼岸으로 가는 길
강물로도 젖어보고

그래도 마냥 쓸리면

풀꽃보며 웃지요

* 피안彼岸 : 열반의 세계

강변연가

왠지 울적한 날은
강으로 가 볼거나

솔 울리는 바람 따라
고개 넘는 구름 따라

한 아름
꽃을 품고서
강으로 가 볼거나

퍼붓는 떼 소나기
내리꽂는 천둥벼락

안으로 다독이며
말없이 쓸어가는

저 깊은

시름의 강에

꽃을 놓아 볼거나

오장폭포

삼단 머리 길게 풀고
벼랑 끝에 매달린 너
산이 빚어 낸 목숨 투명을 꿰어 차고
아래로 내리 꽂히는
눈물이다, 산의 눈물

설움이 저런 걸까
울컥울컥 솟는 슬픔
그 어떤 손길로도 건지 못할 긴 울음
아, 끝내 내 안의 갇힌
눈물도 져 내린다

죽고 싶어 안달하던
사람들도 여기와선
산이 흘린 눈물만을 기억하고 돌아간다
봄꽃에
자지러지던
오장의 저 눈물을

* 오장폭포 : 강원도 정선군 여량면 구절리 2-3 경사길이 209m, 수직높이 207m로
  전국에서 가장 높은 폭포.

비상 ─김유신의 혼백일까

솔 내음 길을 여는 용마산 준봉에는
시린 몸 말리고 선
암벽을 등에 지고
바람 속 노을로 타는 봉분하나 박혀있다

누구일까, 꿈에 갇힌 낮달을 삼킨 그는
천년을 휘돌아 삭힌
김유신의 혼백일까
세월이 밟고 간 자리에 고개 드는 풀꽃들

깨어나라, 말씀으로 정(釘)을 치는 범종소리
그 깊이 창창히 길러 선정에 든 부처여라
언제가 용마를 깨워 대륙을 품을 날이……

마애보살반가상

꽃비가 사락사락
분분하게 날리는 날
열리는 하늘 문도
마다하고 앉았다
칠불암
천길 벼랑 위
하늘 길목 가는 길에

앉은 것도 아니고
선 것도 아니었다
결코 간단치 않은
선계仙界의 자리이다
미혹한
중생의 원을
귀 기울여 듣고 저

부처가 지나가고

중생도 지나는 길

꽃 한 송이 꺾어 들고

마음자리 불 밝혔다

발아래

세상에 이는

무명번뇌 재우고 저

붉은 시

빛의 화폭 중심에서
언제쯤
붉디붉어

견고하게 뿌리내린
홍매화 꽃물 짙은

결 삭힌
영혼의 절창
다순 시를 풀어낼까

너울대는 꽃잎처럼
보드라운 시의 살결

보듬고 매만지는
터질듯 한 저녁이다

달빛에

시를 짓는다

내 영혼의 붉은 시

관수세심

흐르는 물을 보거든 마음을 헹궈내라

내 영혼을 지나는 말
물속을 더듬는다

물소리 구성진 가락
몸 안 밖이 다 환하다

풀의 노래

세상이 귀 기울여
들어 주지 않는데도
아무도 내 이름을 알아주지 않는데도
눈부신
하늘 아래선
몸져눕지 않을래요

비긋고 지나가는
매운바람 속에서도
찰랑이는 물이랑 안으로 쓸어가며
볕살 속
타는 목마름으로
환한 꽃등 켜 들래요

숲을 걷다

수묵세상 숲길에서
스쳐가던 바람 떼

심장을 도려내는
능숙한 칼놀림에

울음이 날아올랐다
꺾인 무릎 사이로

이쪽과 저쪽 사이
아득한 무한경계

그 숲에서 대답 없는
아버지를 보냈다

뭉근히

숲을 걷는

아픔으로 야위던 날

유혹

홍매화 붉은 물결이
온몸을 휘감았다

멈칫, 하는 사이
순간 숨이 멎었다

마음이
봉긋 부풀어
그만 종일 사랑앓이

가을서정

잎 지는 가을 숲을
바람 달고 지납니다

비경 속 단풍길을
굽이굽이 돕니다

암자는
보이지 않고
적막 한 채 앉습니다

벗나무 아래서

너에게 닿고 싶은
그런 날이 있었다

희디흰 벗꽃잎이
눈꽃처럼 흩날릴 때

이대로
죽어도 좋을
목숨이고 싶던 날

제 **2** 부

눈 내리는 숲에 들면

유월, 산정에는

연화봉 깊은 골 안 산그늘 깔리는 길
적막한 갈래 숲을 바람 달고 지나다가
해묵은 갈잎에 묻혀 내가 나를 잃는다

내민 손 맞잡는 이 더러는 낯이 익고
푸른 뫼 등걸마다 한 번은 다녀갔을
전생의 나 아닌 내가 그들 곁을 스친다

산이 좋아 산에 묻힌 산 사내 묘비 앞에
풀꽃 하나 얹어놓고 올라선 비로봉엔
때늦은 철쭉이 피어 유월을 헐고 있다

눈 내리는 숲에 들면

저기, 숲에서는
나무들이 성자다
묵묵히 숨을 고르며
겨울을 나고 있다
한 세월
굽어 본 세상
고요 속에 던져 놓고

그렁그렁한 눈물 따윈
훌훌 벗어 던졌다
달게 달인 햇살 한 줌
단단하게 감아쥐고
지상에
내리는 은빛세례
의연하게 받고 섰다

겨울 삽화

분설에 떨고 있는
목련꽃 앳된 얼굴

세상의 한 모퉁이
불 환히 밝히려다

온 몸의 뼈대를 꺾어
조등처럼 앉았다

바람의 혀

베이면 큰일이다
숨죽이는 배롱나무

바람의 혀, 날 선 칼에
날아 오른 단발 비명

단 한번
불붙는 목숨
칼끝에서 낙화한다

낭자하게 피 흘리는
배롱나무 꽃잎들이

살아서 빛난 기억들
슬픔으로 뒤척일 때

바람은

칼을 거둔 채

돌아보지 않는다

겨우 존재하는 것들

―새 그리고 나

이른 아침 비 그친 뒤 강둑을 서성인다
스멀스멀 올라오는 물안개 사이로
보였다 사라졌다 하는
허공이 집인 새들

날개를 접기 전에는 쉬이 잠들 수 없는
허기진 생을 안고 하늘 길을 떠도는 새
온종일 빛이 드는 길
깃을 치며 떠다닌다

캄캄한 마음이 만든 동굴 속 깊은 적요
오늘은 한 겹 한 겹 어둠을 걷을 차례
어차피 살아야 한다면 새들처럼 그렇게

사랑앓이

숨 돌릴 새도 없이
슬그머니 다가와서

피보다 붉은 혼불
온몸에 질러 놓고

살며시 꽃으로 앉은
그대는 누구신가

눈이 먼저 알아버린
이 미친 사랑의 열꽃

온종일 서성이다
그대 올까 고개 들면

저만치 바다에 이는
너울인양 안기는 너

별은 눈물로 뜬다

풀릴 듯 풀리지 않는
실타래 같은 날들

친친 감고 조여 오는
순간들을 잘라낸다

먹먹한
세상의 한기
눈물꽃이 피고진다

저리고 아리도록
풀지 못한 속울음을

낮달이 베어 물고
어둠속으로 사라지면

하늘엔

눈물꽃 같은

별 하나씩 박힌다

잠들지 않는 시간

폭풍우가 한바탕 휩쓸고 지나간 뒤
조각난 마음들이 어둠속에 잠겨 있다
슬픔은 지나가는 것 잠시 출렁이는 것

다시는 길 위에서 방황하지 않기를
바람이 풀잎향을 코끝에 대어준다
알싸한 눈물꽃 같은 별이 뜨고 지는 밤

순간에 훅, 가다

보름날 자정 무렵
대얏물을 바라보면
낭군 될 이 얼굴 모습
비친다는 솔깃한 말
거짓말
빨간 거짓말
동백인가 툭 지는 맘

접시꽃

보일 듯
보일 듯 해

첫사랑
분이 얼굴

해마다
여름이면
꽃등을 이어 달고

마당을 불 지르는 꽃
나도 따라 붉게 타네

상사화

― 꽃무릇

어쩌나
비 내리고
풀빛 더욱 짙어졌다

너 가고
봄이 가고
여름 더욱 깊어졌다

올 터진
붉은 그리움
갈래갈래 피었다

어쩌면

내 지난 추억들이 내려앉은 산기슭에

어쩌면
산나리가
지고 있을지도 몰라

불볕에 몸을 태우며
지고 있을지도 몰라

한때의 황홀한 꿈
어지러운 춤사위

홀연히 바위 밑에 내어 던져 버리고서

한 가닥 바람을 감고
지고 있을지도 몰라

코스모스

이슬 지고
벙그는 꽃
오늘도 한창이다

울안을 가득 메운
희고 붉은 누이 꽃

뉘 알까
설레는 마음
여름 끝에 오는 사랑

긴긴밤 비는 내리고

툭
후드득
빗방울들
창문을 두드린다
바람을 좇아오는
빗물의 저 아우성
긴긴밤
길 잃은 사랑
비를 타고 내린다

비 갠 오후의 단상

퍼붓던
비도 멎고
바람도 간데없다

촘촘히 감겨오는
환한 햇살 사이로

마음이
알아서 간다
네 숨결이 있는 곳

나는 여전히 네가 그립다

빗물이 주룩주룩
창을 타고 흐른다

가을을 지워가는
가녀린 비의 전율

울음이
밤을 건넌다
너 떠난 그 날처럼

제 **3** 부

홀아비바람꽃

노자의 숲

겨울비가 추적추적
산심山心을 재지 않고
세 병 남짓 편백숲에
몸 부딪쳐 울고 있다

절망의 공간을 메우는
저 늙은 수부의 울음

숨죽인 숲을 흔들고
산빛을 지워갈 쯤
으스러진 제 설움에
풍경마저 잊었다

수척한
노자의 숲은
묵언수행 정진 중

매화서옥도 梅花書屋圖

먹물이 부려놓은
태초의 저 고요 속
바람시린 절벽 타고
매화꽃이 지천이다
우봉의
매화백영루
서옥 한 채 방점이다

한 줄 안부 건넬 벗은
바다 건너 천 리길
눈 못 감는 그리움은
산을 깎고 달을 벤다
고산의
은자에 비하리
식지 않을 생의 갈증

붓끝에서 오는 신명

밤낮이 따로 없어

깃을 치는 매 손인가

푸르게 날 선 온붓

먹 갈아

풍경을 낸다

매화꽃이 절정이다

* 매화서옥도 : 조선시대 말 화가 조희룡의 작품
* 우봉 : 조희룡의 호.
* 매화백영루 : 자신이 머무르는 거처 이름.
* 고산의 인자 : 중국 서호 근처의 고산에 거주하던 임포를 말함.
* 조희룡 : 추사 김정희 제자. 시와 글씨, 그림에 능함. 특히 매화꽃을 좋아해서
  호를 매수라고도 함. 예송사건에 연루되어 전남 신안군 임자도에 유배당함.

길은 아무도 가르쳐 주지 않는다

낯선 길을 간다는 건 매순간이 떨림이다
갈수록 갈래길만 수없이 보여준다
무수한 저 길 가운데
숨어있는 나의 길

아무도 말하지 않는
길은 멀고 어둡다
길 아닌 길 위에서 젖어가는 방랑자
오늘도 불빛 그리메 달려오는 저 달빛

꽃이겠지
걸어갈 길
아마도 꽃 일거야
그려보고 떠올리며 희망 한 줌 쥐어본다
흘려온 눈물만큼의 꽃은 피고 지겠지

귀가
— 카미유 피사로의 '하얀 서리'작품을 보고

목木그림자 길게 누워

숨 고르는 오후 한때

산등성 서릿길을 지게 지고 가는 사내

햇살에 고요히 떠는 발걸음이 무겁다

가슴에 쟁여지는 비릿한 생의 가닥

왈칵 쏟아내고 집으로 향하는 길

점점이 뒤를 따르는 봄의 소리 뜨겁다

* 카미유 피사로(1830-1903) : 19세기 인상주의 화가.
*' 하얀 서리' : 1873년 작. 파리 퐁투아즈 근처를 그렸다. 파리 오르세 미술관 소장.

산란하는 봄

발정 난 수컷들의 광기어린 분주함
꺾이고 밟히면서도 붉게 타는 저 마음
오늘밤 아무도 모를 눈빛들이 깨어난다

수런수런 몸을 세워 경계를 넘어선다
엎드려 지새우던 불면의 밤을 딛고
뜨겁게 제 몸을 데워 금물결로 서는 봄

겨울도 이쯤이면 등보이고 싶겠다
몸으로 피워 올린 꽃대궁에 맺힌 사연
알알이 바람을 풀어 뿌려주고 싶겠다

다랭이마을의 봄

눈마저 비껴가는 설흘산 자락마다
쿡쿡 눌러 담은 햇살이 떨어진다
겨울의 푸른 새싹이 숨결 트는 입춘 무렵

다랭이논 이랑이랑 깊게 패인 주름진 땅
어머니의 굽은 등 뒤로 지문처럼 박혀있다
푹 꺼진 생을 허무는 바람마저 새큰하다

초록 물결 앞세운 봄은 무지개 타고 오나
푸른 정적 이는 들판 비 소식이 잦아들면
노을이 지는 바다에 별빛으로 달빛으로

산사일기

깊은 산중 암자에 불두화가 곱게 폈네

스님은 어디가고 풍경 저리 울어대나

초록에 나를 묻는다

절로 드는 삼매경

춤추는 연꽃

쩡! 하고 갈라진다
한 하늘이 열린다

감고 푸는 소매 끝에
창파가 일렁인다

선경에
살풋 들어 선
세미원의 무희들

*창파 : 넓고 큰 바다의 맑고 푸른 물결.
*선경 : 별천지.

해일

부서져라
곤두서서
울음을 토해 낸다

절정을 향해가는
아릿한 피의 절규

마음을
베이고서도
너 없이 또 어떻게

야화

—분꽃

누군가 오고 있다
온몸에 이는 전율

소리도
기척도 없이
은밀하게 다가서는

누굴까
밤이면 오는
붉은 옷의
저 여인

나무는

산과 물소리와 달빛이 섞이는 밤
피곤에 지친 것들이 조용히 눈을 감으면
나무는 바람의 노래를
홀로 깨어 듣는다

한때의 부끄러움들
하나 둘씩 꺼내놓고
흐르지 못할 그리움을 바람 앞에 잠재운다
설움이 이런 것인가
물밀듯이 이는 것

차라리 바람일 걸
저문 벌판에 부는 바람
우울하게 깨어있는
시린 눈빛이 더는 싫어
달빛에 옹이 하나씩 박고 섰다, 나무는

살꽃, 피다

밭두렁 달맞이꽃 발꿈치 살짝 들고
사그락 사사그락
날을 바라 봄 세운다
밤마다 살을 찢으며 달빛 길어 올린다

벌어진 풀잎 새로 얼비치는 신음소리
휘는 맘 접어가며 깊어가는 저 눈빛
한 가닥 불꽃이 탄다
달빛 아래 고요히

바람마저 휑한 밤 칠월의 달이 뜨면
벼리던 간절한 것 어둠속에 저를 묻고
수굿이 꽃잎을 연다
불보다도 뜨겁게

* 달맞이꽃 : 겨울에서 이른 봄까지 밭이나 가장자리 둑에 납작 엎드려 잎을 내다가 5월 말이면
  30센티미터를 훌쩍 넘어버린다. 7~8월에 꽃이 피는데 황색이고 저녁에 개화한다.

기억을 먹는 밤

누군가 떠나간 듯
낙엽이 길을 놓네
탱탱하게 얼려놓은
곶감을 베어 물고
시리고
달콤한 기억
달빛 아래 깁는 중

홀아비바람꽃

바람의 이름으로
세상 밖에 홀로 섰다

그 누구도 놓지 못한
외로움이 키운 적막

여여한
달빛 아래서
태워볼까, 이 봄날

꽃으로, 아버지

풍경이 달려온다
골목길 어귀에서
유년의 흑백기억
아릿하게 돌려가며
그 곳에 아버지가 있다
언제나 붉은 이름

천 개의 발을 가진
바람으로 살았다지
맑은 날 다 놓치고
떠돌던 무른 삶을
은륜의 바퀴에 싣고
살아온 소금생애

귓가에 기웃대는
자전거 페달 소리
아련한 그리움으로

올올이 감겨온다
이제는 보내야하는
아버지란 시린 이름

껍질만 남아있는
뼈대에 비워낸 속
채워도 드는 허기
어디에도 둘 곳 없어
꽃으로 지려 하네요
내 안의 꽃, 아버지

흐드러, 지다

새 울음 딛고 가는 먹장구름 허공에다
보내지 못한 사연 훌훌 날려 보냅니다
먼 저승 아득한 곳에 슬그머니 피는 꽃

제 **4** 부

직지, 너를 그리며

에밀레종

슬픈 전설을 머금은 쇠는
마름의 시간을 건너는 동안
아이가 청동이 되어 나는 섯을 보았다

별꽃이 떨다 지쳐 잠이 든 새벽
미명 안개 속 시린 바람으로
춤추듯 날아오르던 청용의 푸른 자태

보았다 꿈을 꾸듯 온전하게 보았었다
용이 된 아이를 마주하는 그 순간
비로소 으스러져라 종이 되어 울었다

울음이 강이 되고
산이 되어 타오를 때
승천한 용의 자리에 정음이 자리했다
에밀레 청아한 법음이 온누리에 퍼져갔다

※ 에밀레종(선덕대왕 신종) : 우리나라 국보 제29호.

얼레지꽃

눈 녹은 산골짝에
군락 이룬 봄의 전령

향기로 제 빛깔로 봄 길을 수놓는다

수년을 묻어온 사랑
보란 듯 품어 안고

가는 허리 등 굽힌 채 구름 헤는 얼레지꽃

치마 훌렁 걷어 올리고
볕 즐기는 봄날 한때

달빛에 젖은 눈물을
지워본다, 이 순간

* 얼레지꽃 : 백합과의 여러해살이풀. 주로 높은 산 기름진 산골짝에 핀다. 꽃말은 '광대' '바람난 여인'.
  씨앗이 발아 되고 7년이 지나야 꽃이 핀다. 줄기에 잎이 두 장 나올 때만 꽃을 피운다.

바람길

허세도 권세도 부릴 게 더는 없는
황량한 겨울 벌판을 바람이 지나간다
살아서 빛나던 것들
은빛으로 덮는 아침

귓등이 시리도록 바람길을 따라 간다
갈대들이 몸을 꺾어 슬픔을 드리울 때
내 몸속 물길을 트고 떠다니는 나룻배

어디를 향해 가도 까마득한 바람길
저 검은 등짝에서 이글거리는 생을 본다
잠이 든 겨울을 깨우는 입 꽉 물은 뿌리들을

어디에도 닿지 못할 그리움이 일어선다
바람이 흘고 간 흔적 파편들을 돌아보며
길고 긴 겨울을 간다
동백 품은 바다로

혀는 연장이다

시위는 당겨졌다
입에서 떠나는 순간
화살은 빛의 속도로 사내의 몸을 꿰뚫었다
응혈진 피의 수액이 마른 몸을 적셨다

바스락, 사내의 몸이 갈잎처럼 누웠다
터지고 찢겨진
상처마다 피는 꽃
짜디 짠 눈물의 기둥 소금꽃이 피었다

외진 세상 폭양 아래 어리는 하얀 울분
사내는 어이없이 말무덤에 갇혔다
창살도 통로도 없는 절망 속 무형 공간
형형한 눈빛은 죄가 될 수 없었다
켜켜이 날아드는 붉은 혀의 춤사위
마침내 눈 감는 사내
혀는 날 선 연장이다

봉평, 메밀밭

밤이면 별이 내려와
너울처럼 일렁이는
봉평의 메밀밭은 낮보다 밤이 좋다
그 하얀 꽃밭에 앉은
별꽃들이 눈부셔

알아서 가는 사람 있기나 한 것처럼
먹먹한 가슴 안에 총총히 드는 별꽃
누군가 가고 없는 세상
눈물처럼 밟혀와

누구든 봉평에 가면 사랑이 되어주라
그대가 머문 자리
또 다른 빛이 되게
메밀밭 그 하얀 꽃밭
달빛안고 흐르게

바람집

벽면의 유채꽃이 환하게 길을 내는
산동네 골목길이 나를 세워 가둔다
색들이 물결치는 곳
바람집이 가득하다

눈 닿는 곳마다 피어나는 색의 향기
땀인 듯 눈물인 듯 온 몸을 휘감는다
떠도는 세상의 한기
배어나는 바람집

어디로 가야할지 길을 묻지 않는다
어둠의 깊이로 와
알싸한 생을 트는
바람의 통증을 읽는다
퍼덕이는 마음으로

누추한 오늘이라는 시간의 누대 앞에

꿈꾸는 바람집은 잠들지를 못한다
파랗게 일어서는 꿈
봄의 깃털이 눈부셔

* 바람집 : 벽화가 그려진 집.

가을 계림 숲

천년의 시간들이
저릿저릿 배어나는
등뼈 곧은 활엽수림
닭이 운 숲 계림에는
오래된
묵언의 전설이
기지개를 켜고 있다

면면한 역사를
뽐내려고 하는 듯이
가지마다 계보 같은
붉은 잎들을 매달았다
봉황의
깃털과도 같은
잎들이 장관이다

과거로의 아름다운 회귀를 바랬을까

숲이 온통 봉황 닮은 형색을 띠고 있다

새로운

바람이 분다

깃을 치는 계림의 숲

* 계림 : 경주에서 가장 오래된 숲. (사적 제19호)

달빛 아래서

잠이 오지 않는 밤
일없이 서성이다
가지위에 걸린 달을 무심히 올려본다
가을밤
허공에 피는
온유溫柔의 달, 빛의 꽃을

달은 저 빛의 꽃은
수세기를 오는 동안
한 번의 거름도 없이
제 몸을 데워가며
온전한 잠도 잊은 채
어둔 밤을 지켜왔다

그러나
지금의 난
아무것도 쓸 수 없다

눈물 많은 이웃들의
젖은 생을 말리고 남을
따스한
빛꽃과도 같은
시 한 줄 쓸 수 없다

신열이 빠져나가 온몸이 다 시리다
상처 난 바람으로 또 얼마나 헤매야 하나
한 마리 짐승이 된다
시가 오지 않는 밤

궤적

내 행적을 허물고
지우고 또 지운다

지운다는 것은
내 영혼을 비우는 일

퍼렇게
촉으로 솟은
묵은 때를 벗기는 일

때론 나를 이울도록
피 흘리게 버려두고

짐짓 모르는 척
등보이며 돌아서는

허세로

가득 찬 오만

꺾어보고 버리는 일

*궤적 : 지나간 자국, 남긴 움직임.

거리에서

바람 찬 거리마다
나무들이 즐비하다
떨굴 것 다 떨구고
너울대는 춤사위
끝끝내
돌아설 수 없는
아픔이 묻어난다

잎들이 남기고 간
허공 위 저 끝자리
달하나 얹어 놓고
저리도 막막할까
한 생각
감기는 동안
일어선다, 눈물 강

메르스, 난기류

바람과 더불어 그렇게 너는 왔다
여름에 쨍한 햇볕 그 틈을 비집고서
독 묻은 홀씨가 되어 사방으로 흩날렸다

천지가 너 오고 너 가는 소리, 흔적
폭군으로 불청객으로 온 세상을 휘저었다
세상의 꽃밭에 부는 난데없는 난기류

독침에 지고 마는 크고 작은 꽃의 부음
상처로 눈물로 비처럼 뿌려졌다
이 땅을 기억하는 자 메르스의 저 위용

가라, 가라 돌아가라 몇 번이고 되뇌는 말
고통의 사막 저편 노을처럼 번졌을까
낙타의 커다란 눈이 별을 헤는 아린 밤

직지, 너를 그리며

직지, 그 장엄함을 넋 놓고 바라본다
누구의 손끝에서 빚어진 불길인가
부처의 푸른 법문이 활자 속에 생생하다

팔백 년 긴 시간을 공 굴리며 다가온다
세계가 주목하는 인류의 유산으로
그래서 더욱 소중한 자랑이다 직지, 너는

외세의 거듭나는 고통 속에 핀 꽃, 직지
머나먼 이국에서 떠도는 슬픔으로
뼈아픈 역사를 안고 우리 앞에 다시 섰다

네 몸으로 흐르는 슬픔이 닿은 걸까
눈물로 끌 수 없는 아픔이 전해온다
언젠간 되찾아 오리라 기약 없는 바람만

무시로 톺아오는 너를 향한 애달픔은

금속을 부어 만든 그 아픔만 할까 싶다
머잖아 한껏 반길 날 그날을 그려본다

낙타의 눈물

아부다비 모래사막 기세 좋은 폭풍 속을

날마다 등짐지고 오고가던 슬픈 동물
사막 아닌 이 땅에서 억장이 무너진다
끝없는 고통의 사막 건너가는 중이다
날마다 지고 지는 꽃들의 부음 소식
죄 없이 벌 받는다 한숨이 깊어간다
죽음의 그림자 떠나지를 않는다
비상구는 없는 걸까 낙화하는 꽃의 절규
모두가 제 탓 같아 고개 숙인 쌍봉낙타
커다란 슬픈 두 눈이 밤을 자꾸 찢어간다
달빛에 온몸 밝혀 사르고만 싶었다

메르스 기세 좋은 저 위용
낙타의 눈물 깊다

얼레지꽃 · 2

꿈길에도 달려오는
느낌표 사랑 앞에
낙관 같은 붉은 무늬
화피花被에 꾹 찍었다

사랑이
타는 동안은
나는야, 바람난 여자

제비꽃

바위틈을 비집고서
고개 내민 제비꽃

나보란 듯 남빛웃음
허공을 찔러댄다

일순간
허물어지는
시방세계 저 경계

* 시방세계 : 동서남북 사방과 사간(동남 남서 서북 동북) 및 상하의 무수한 세계.

화장을 지우다

내 남루를 벗겨본다 서툴지만 한 겹씩
지우고 닦다 보면 허물인들 못 벗기랴
반생이 지나간 자리, 밝음일까 어둠일까

'꽃' 붉은 함성, 슬그머니 피고 싶다

― 권정희 시집, 『별은 눈물로 뜬다』

박 지 현
(시인 · 문학박사)

'꽃' 붉은 함성, 슬그머니 피고 싶다
— 권정희 시집, 『별은 눈물로 뜬다』

박 지 현

(시인 · 문학박사)

권정희의 시는 피우거나 지우거나 모르는 척 하거나, 슬그머니 등 돌리는 것에 집중되어 있다. 가능한 한 직접적이지 않고 우회의 간접적 방식에의 의존이다. 그 중심에 '꽃'이라는 명사와 '붉다'라는 형용사가 배치되었고 중심을 지키고 있다. 이 둘은 대체로 직유이거나 가정이거나 은유되면서 생의 깊이를 응시하는 동시에 자아와 존재의 흐릿함과 불안정함을 온축(蘊蓄)한다.

시편들의 면면들은 매우 다양한 것 같으나 간격이 넓지 않다.

어쩌면 촘촘히 서로 내밀한 관계를 유지하고 싶어 하는지 모른다. 계절적인 소재, 자연적 서정, 그림을 통한 미적 관심과 최근의 사회문제, 생태와 환경에 관한 서정적 시들을 살펴보면 '나(自我)라는 존재의 탐닉과 확인을 위한 기다림, 소망, 그리움, 아픔' 등으로 엮여져 있다. 그의 시들은 매우 부드러우면서도 강인하며 한편으로 매정하다. 하지만 결국 야멸차게 돌아서지 못한다. 이는 '꽃'이라는 명사적 질료와 '붉다'라는 형용사적 질료 탓이다. 꽃이 주는 이미지는 매우 약하면서 강인한 반면 '붉다'는 강렬하다. 첫 인상부터 매우 저돌적이거나 충격적 이미지를 내포한다. 이 둘이 만나면서 서로 상응하거나 적절히 견제하며 밀어내고 있다. 이 둘의 관계를 떼어놓았다가 이어붙이는 것은 또 다른 명사 '그리움'이거나 '기다림'이거나 '돌아보지 않음'이다. 밀접한 관계에 놓인 이 명사의 역할은 권정희 시인의 첫 번째 시조집을 어떻게 읽어야 하는가에 어느 정도 기여할 것이라고 생각한다.

1. 꽃 ―슬그머니, 흐드러지기

권정희의 시적 상상력은 과하지 않지만 모자라지도 않다. 행간을 따라가다 보면 자연스레 스며드는 느개비거나 보슬비 같다. 곁길인가 하면 신작로를 만난다 외통길인가 하면 꽃길이다. 눈길과 손길이 부드러우면서 야무지다. 아리스토텔레스는 그의 모든 감각기관 가운데 '눈'을 가장 믿었다고 한다. 다른 감각 기관에 비해 눈은 기만당하는 일이 적기 때문이라는 것이 그 이유이다. 권정희 시인은 '꽃'이 그러하다고 믿는 듯하다. 자신을 배신하지 않는 가장 믿음직한 대상이라고. 시편들 곳곳에 등장하는 '꽃'은 또 다른 명사를 만나면서 의미가 확장되거나 이완된다.

새 울음 딛고 가는 먹장구름 허공에다
보내지 못한 사연 훌훌 날려 보냅니다
먼 저승 아득한 곳에 슬그머니 피는 꽃

—「흐드러, 지다」 전문

이 시는 제목에서 심상치 않은 기운을 느끼게 한다. '흐드러지다'라는 형용사를 '흐드러+지다'로 분절시켜놓았다. 표준어를 억지로 꺾어 시인이 임의적으로 배치한 것이다. 가운데 쉼표를 넣음으로써 '한창 만발하여 매우 탐스럽다'에 의미가 전달되기도 전에 호흡을 끊어놓은 것이다. 오히려 '흐드러지다'의 옛말인 '흐들하다'로 제목을 삼았다면 하는 생각을 해본다. 내용이 제목을 받쳐주는 시가 있는데 바로 이런 경우가 아닐까도 생각해본다. 하지만 '흐드러, 지다'로 의미가 분절되면서 슬픔이 너무 크면 호흡을 끊을 수밖에 없는 상태임을 제목에서 보여주고자 한다는 것을 파악할 수 있다. 숨어있는 화자의 이편 세상은 누군가 떠나보내고 난 적막의 세상임을 보여준다. 초장의 '새 울음 딛고 가는 먹장구름 허공에다'가 설정되면서 미처 다하지 못한 이승의 이야기가 펼쳐진다. 새 울음 딛고 가야 할 정도의 그곳은 얼마나 큰 허무의 늪일 것인가. 그래, 어찌할 수 없어 '저승 아득한 곳에' 꽃은 슬그머니 피어야 한다. 어찌할 수 없는 이승의 슬픔은 저승의 '슬그머니'라는 부사어로 환치되고 있다. 슬픔의 극치는 분절임을 이 시는 잘 보여주고 있다.

빛의 화폭 중심에서
언제쯤
붉디붉어

견고하게 뿌리내린
홍매화 꽃물 짙은

결 삭힌
영혼의 절창
다순 시를 풀어낼까

너울대는 꽃잎처럼
보드라운 시의 살결

보듬고 매만지는
터질듯 한 저녁이다

달빛에
시를 짓는다
내 영혼의 붉은 시

　　　　　　　　—「붉은 시」 전문

　화자의 심정이 '붉다'로 은유된 이 시의 배경은 소망이다. 일
어나지 않은 '홍매화 꽃물 짙은'의 열정의 '시'를 기대하는 마
음 역시 붉다. '꽃물', '꽃잎'이 함의하는 바가 '내 영혼'이라
는 절대명제에 놓이면서 인상파 풍의 유화이면서 진경산수화의
절경을 빚어놓는다. 붉은 색채로 표상되는 화자의 심상은 '결
삭힌/영혼의 절창/다순 시를 풀어낼까'에 압축된다. 붉은 색채
가 껴안은 '너울대는 꽃잎처럼/보드라운 시의 살결'을 만지고
또 매만지며 보듬는 시인의 세상은 밤이 되자 '달빛'을 만난다.
그제서야 소망을 풀어놓는 것이다. '달빛에/시를 짓는다/내 영
혼의 붉은 시'로 마무리한다. 화자는 '홍매화'같이 잘 여문, 농

도 짙은 뜨겁고 열정적인 시를 쓰고 싶은 것인데 만지고 다듬는 과정에서 한 편의 도자기와도 같은 살결을 감각할 때 소망의, 열정의 극치를 이룬다는 것을 잘 보여주고 있다. 매만지고 또 매만지는 반복적 행위가 '슬그머니' 이미지와 부합되고 있다.

세상이 귀 기울여
들어 주지 않는데도
아무도 내 이름을 알아주지 않는데도
눈부신
하늘 아래선
몸져눕지 않을래요

비긋고 지나가는
매운바람 속에서도
찰랑이는 물이랑 안으로 쓸어가며
볕살 속
타는 목마름으로
환한 꽃등 켜 들래요

— 「풀의 노래」 전문

아무도 눈여겨보지 않는 식물, 대충 어림짐작으로 작물에 폐해가 된다고 여기는 생명, 그러나 가끔은 빗물에 흙이 씻겨 내려

가지 않게 하는 강인한 흡착력을 가졌기에 그 가치를 인정받는 마지못한 존재, 그가 '풀'이다. 풀의 속성은 어디서나 생명을 이을 수 있는 강인함에 있다. 시멘트 갈라진 틈이나, 아스팔트의 터진 이음새는 물론, 비집고 들어갈 공간만 있다면 기어코 생명을 발아하는 강인함 있다. 어느 누구의 관심과 도움을 요구하지 않으나 홀대받는다. 홀대를 부정하지도 않는다. '세상이 귀기울여/들어 주지 않는데도/아무도 내 이름을 알아주지 않는데도'라고 외치는 화자는 풀의 흔들림을 의식한다. 바람이 이끄는 대로 몸을 의지하는 풀의 속성을 보인다. 그러나 '눈부신/하늘 아래서 몸져눕지 않'을 것임을 선포한다. '매운바람'과 '물이랑' '볕살 속'에서도 견디며 '환한 꽃등 켜 들래요'하며 외친다. 풀이 가진 속성에 기댔어도 그 속에 깃든 강인함과 부드러움으로 자신을 풀어내고 있음을 파악할 수 있다. 여기서도 꽃은 핀다. '환한 꽃등'이다.

풀릴 듯 풀리지 않는
실타래 같은 날들

친친 감고 조여 오는
순간들을 잘라낸다

먹먹한
세상의 한기
눈물꽃이 피고진다

저리고 아리도록
풀지 못한 속울음을

낮달이 베어 물고
어둠속으로 사라지면

하늘엔
눈물꽃 같은
별 하나씩 박힌다

　　　　　　　—「별은 눈물로 뜬다」 전문

　이 시는 아버지를 잃고 쓴 시 「숲을 견디다」와 연장선상으로
읽힌다. 그 어디에도 아버지를 잃은 이야기는 없지만 '눈물꽃'
에 집약된 슬픔과 세상의 허기는 그것을 잘 말해주고 있다. '수
묵세상 숲길에서/스쳐가던 바람 떼//심장을 도려내는/능숙한
칼놀림에//울음이 날아올랐다/꺾인 무릎 사이로'(「숲을 견디
다」)는 '풀릴 듯 풀리지 않는/실타래 같은 날들//친친 감고 조

여 오는/순간들을 잘라낸다//먹먹한 세상의 한기/눈물꽃이 피고진다'(「별은 눈물로 뜬다」)와 풀고 맺는 형식이 대구법과 유사하다. 즉 슬픔의 극치가 현실에서 어떻게 형상화되며 터뜨려지는가를 두 시는 잘 보여주고 있다. 화자의 의지와는 상관없이 깊어가는 슬픔을 견뎌야 하며 눈물꽃을 피워올려야 한다. 또 다른 시 「꽃으로, 아버지」에서도 아버지는 '붉은 이름'으로 불리우며 '이제는 보내야하는/아버지란 시린 이름'으로 이별하며 슬픔을 '꽃'으로 은유하고 있다. 그런가 하면, 「달빛 아래서」에서 달을 '빛의 꽃'으로 은유하며 달빛 아래서 처절한 '한 마리 짐승'으로 자학하고 있다. 현실에서의 무력해진 자신을, 욕망을 어찌할 수 없어 '꽃'에 기대고 있는 화자의 심상을 엿볼 수 있다. 시인의 시선이 깊어지는 이유다. 그 외 '꽃'은 「메르스, 난기류」 「낙타의 눈물」에서 사회문제의식의 상징으로도 변용된다.

2. 꽃 —자아, 비우기와 채우기

로크는 우리의 감각이 경험을 통해 대상에 대한 지식을 얻는다고 말한다. 그러니까 경험은 환각과 착각이 아니라는 이야기다. 그렇다면 경험에 첨가된 색채, 여기서 '붉다'는 나로 하여금 빨갛다고 생각하게 한 무엇인가가 있어야 한다. 즉 물질과 정신이라는 두 개의 실체가 화자의 의식 깊숙이 자리하고 있는데 유독 '붉다'에 주안점을 두는 이유는 무엇일까. 그 무엇인가가 과연 무엇일까를 생각하지 않을 수 없다. 시의 전편에 고루 편재된 '꽃'과 '붉다'의 의미와 상관관계는 유독 한 지향점을 향하고 있다. 의식 깊숙이 내재된 자아의 자존감 그리고 욕망과 밀접한 연관성을 보이는 것은 아닐까. 의미심장한 일이다. 경험이지 않은, 경험 이전의 경험을 겨이하는 그 무엇인가아 관련되어 있다.

내 행적을 허물고
지우고 또 지운다

지운다는 것은
내 영혼을 비우는 일

퍼렇게
촉으로 솟은
묵은 때를 벗기는 일

때론 나를 이울도록
피 흘리게 버려두고

짐짓 모르는 척
등보이며 돌아서는

허세로
가득 찬 오만
꺾어보고 버리는 일

　　　　　　　　　　　　— 「궤적」 전문

　화자는 이제 자신이 걸어온 행적을 지우고 허무는 행위를 보
여주는 「궤적」에서 꽃은 숨고 '피 흘리게 버려두'는 방식을 채
택한다. '지운다는 것은/내 영혼을 비우는 일'이라고 단언한다.
그것이 화자가 선택한 최선의 삶의 방식인 양 '짐짓 모르는 척/
등보이며 돌아서'기까지 한다. 스스로를 진단하고 '허세로/가
득 찬 오만/꺾어보고 버리는 일'이라고 '버리고 지우는 길'을
아무 망설임 없이 제시하고 있다. 그것은 비우고 버리고 꺾기를
통해서 지난날 허세로 가득차고 오만에 휘둘렸던 자아회복, 자
존감의 회복을 소망했기 때문으로 보인다.
　아래의 시 역시 그 연장으로 읽힌다.

　낯선 길을 간다는 건 매순간이 떨림이다
　갈수록 갈래길만 수없이 보여준다

무수한 저 길 가운데
숨어있는 나의 길

아무도 말하지 않는
길은 멀고 어둡다
길 아닌 길 위에서 젖어가는 방랑자
오늘도 불빛 그리메 달려오는 저 달빛

꽃이겠지
걸어갈 길
아마도 꽃 일거야
그려보고 떠올리며 희망 한 줌 쥐어본다
흘려온 눈물만큼의 꽃은 피고 지겠지

　　　　　　 ―「길은 아무도 가르쳐 주지 않는다」 전문

　이미 버렸던 지난 길을 벗어나 새로운 길, 지향하는 길을 따라
가야 한다. 그 길 '낯선 길'을 가는 화자는 기쁨과 두려움이 앞
서나 '매순간이 떨림'으로 받아들인다. 아직은 또렷하게 보이
지 않아 '무수한 저 길 가운데/숨어있는 나의 길'이 되고 있지
만, '아무도 말하지 않는/길은 멀고' 어둡지만 포기하지는 않는
다. 아직은 '길 아닌 길 위에서 젖어가는 방랑자'이지만 '달빛'
이 그 앞을 밝혀주고 있다. 아무도 가르쳐 주지 않는 길, 사방

은 캄캄하다. 그래서 다시 꽃을 불러온다. '꽃이겠지/걸어갈 길/아마도 꽃일 거야'하며 희망의 상징으로 끌어들이고 있다. 두려움을 넘어서려면 스스로 납득하고 스스로를 납득시켜야 한다. '흘려온 눈물만큼의 꽃'이 피고 지는 반복적 행위를 통해서 자존감의 회복과 그간 지속적으로 추구한 내적 욕망이 채워지기를 소망하고 있는 것이다.

이른 아침 비 그친 뒤 강둑을 서성인다
스멀스멀 올라오는 물안개 사이로
보였다 사라졌다 하는
허공이 집인 새들

날개를 접기 전에는 쉬이 잠들 수 없는
허기진 생을 안고 하늘 길을 떠도는 새
온종일 빛이 드는 길
깃을 치며 떠다닌다

캄캄한 마음이 만든 동굴 속 깊은 적요
오늘은 한 겹 한 겹 어둠을 걷을 차례
어차피 살아야 한다면
새들처럼 그렇게

— 「겨우 존재하는 것들 —새 그리고 나」 전문

이제 화자는 희미하지만 자존감의 회복을 확신하고 있다. '겨우'라는 부사어에 기대고는 있지만 '새'를 자아동일성에 놓음으로써 이전과 이후의 삶이 달라질 것을 확신한다. 새에 투사(projection)된 서정적 자아는 상상적으로 세계에 감정이입하며 자아와 세계가 일체감을 이룰 수 있도록 한다. 대립과 갈등이 아니라 자아와 세계가 일체감을 이루도록 애를 쓰고 있는 것이다. '허공이 집인 새들' '허기진 생을 안고 하늘 길을 떠도는 새'를 보며 땅에서 살고 살아야 하는 화자는 비록 '캄캄한 마음이 만든 동굴 속 깊은 적요' 같은 세상일지라도 절대 좌절하거나 주저앉을 수 없다. '물안개 사이로/보였다 사라졌다하는' 존재의 실체를 더욱 또렷하게 드러내어야 한다. '어차피 살아야 한다면/새들처럼 그렇게' 자신의 영역을 포기하지 않고 '온종일 빛이 드는 길/깃을 치며 떠다니'는 삶을 택하여야 한다. 그것이 야말로 화자가 진정 자아회복, 자존감의 회복으로 가는 길이 될 것이다. 그래야 '겨우 존재하는 것들'이 아니라 적극적으로 존재하는 삶이 된다.

내 남루를 벗겨본다 서툴지만 한 겹씩
지우고 닦다 보면 허물인들 못 벗기랴
반생이 지나간 자리, 밝음일까 어둠일까

―「화장을 지우다」 전문

자신을 돌아보고 있는 화자는 거울을 마주하고 있다. 거울이라 짐작되는 어떤 대상을 앞에 두고 있다. 그 대상은 화자 자신과 지난 시간을 돌아보게 하는 역할을 한다. 짧은 단시조에서 보여주는 행간의 여백은 성찰이 전제되어 있다. '내 남루를 벗겨본다 서툴지만 한 겹씩'에서 현실에서의 위장된 모습을 직시하며 '그건 진짜가 아니야, 그러니 벗겨야 해'라고 하는 강한 자의식마저 엿보인다. 그러다 '지우고 닦다 보면 허물인들 못 벗기랴' 하며 용기백배하는 자신과 맞닥뜨리게 된다. 천천히, 그러나 과감하게 자신을 직시하며 자신의 진정한 모습을 알고 싶은 것이다. 만나고 싶은 것이다. 시간의 풍화를 견딘다는 것은 시간이 머물렀다 지나간 흔적을 마주한다는 것이다. 그것이 '남루'로 표현되고 '허물'로 표현될 수 있을 것이다. 종장에서 화자는 '반생이 지나간 자리, 밝음일까 어둠일까' 하며 초장 중장에서 과단성 있게 자신과 마주하던 모습을 잠시 내려놓는다. 허물을 마지막까지 벗는다는 것은 정말 두려운 일이다. 실체와 맞닥뜨린다고 해도 잘 알 수가 없을 것이다. 보기에 따라서 내적 욕망에 따라서 어떤 모습으로 비춰질지는 물음표로 남겨두는 것이 오히려 더 나은 판단일지 모른다.

'폭풍우가 한바탕 휩쓸고 지나간 뒤/조각난 마음들이 어둠속에 잠겨 있다/슬픔은 지나가는 것 잠시 출렁이는 것' 시인은 작품 「잠들지 않는 시간」에서도 자신과 마주한다. 그러나 어둠속이다. 실체가 또렷하지 않은 상태에 자신을 놓아둔다. 그러나 '다시는 길 위에서 방황하지 않기를' 소망한다. 스스로 현 상황과 자신이 놓인 위치를 점검하고 진단하면서 다시 나침반을 세워 삶의 방향등을 켜놓는 것이다. '알싸한 눈물꽃 같은 별이 뜨고 지는 밤'에 자존감을 회복하고자 애를 쓰고 있다. 앞선 시들처럼 '꽃'은 다른 명사와 결합되면서 새로운 의미의 꽃을 변주한다. '눈물'이 유나히 자주 등장하는 작품을 보면서 '꽃'은 늘 촉촉해질 준비가 되어 있는 것 같다. '나'를 확인하는 일, 자존감을 회복하는 일, 욕망이라는 내적 충족을 위한 길은 이렇듯 '꽃'과 '붉다'라는 명사와 형용사와 또 다른 명사와의 결합에 의해 비워졌다가 다시 채워진다.

3. 꽃 —자연 서정에 마음 기대기

권정희 시인의 작품에서 자연서정을 소재로 한 시가 많다. 계절적인 것, 바람, 일년초의 초본이나 다년초의 초본이다. 그다지 화려하지 않다. 소박하기까지 하다. 키 큰 식물도 있지만 대체로 작으며 땅과의 거리가 매우 가까운 앙징스러운 꽃들이 많다. 시인의 마음은 땅과 멀리 있지 않음을 이 시편들을 통해 살펴볼 수 있다. 특히 봄에 피는 꽃들 중 작고 여린 식물들은 혹한의

계절을 막 벗어나 자신의 강인한 생명력을 보여주고자 애를 쓴
다는 것을 알 수 있다. 유독 시인은 이러한 식물에 시선이 머물
고 있다.

베이면 큰일이다
숨죽이는 배롱나무

바람의 혀, 날 선 칼에
날아 오른 단발 비명

단 한번
불붙는 목숨
칼끝에서 낙화한다

낭자하게 피 흘리는
배롱나무 꽃잎들이

살아서 빛난 기억들
슬픔으로 뒤척일 때

바람은

칼을 거둔 채
돌아보지 않는다

—「바람의 혀」 전문

'칼'이라는 살의를 갖고 있는 예리한 도구를 시인은 바람에 견주고 있다. '베이면 큰일이다'라고 도입부에서부터 날선 두려움에 떨고 있다. '배롱나무'의 안위를 걱정하는 화자는 실상 자신의 모습을 베롱나무에서 지켜보고 있다. 숨을 죽였지만 결국 '날아 오른 단발 비명'을 지르며 '단 한 번/불붙는 목숨/칼끝에서 낙화'하고 만다. 화자의 눈에서 붉은 배롱나무가 뚝뚝 떨어지는 듯 하다. '낭자하게 피 흘리는 배롱나무 꽃잎'이 화자의 기억 속으로 스며든다. 만개한 배롱나무의 화려했던 모습이 바람에 의해 한순간에 흩어져버리는 서글픈 모습을 동일시한다. 언제 그랬냐는 듯 등을 돌리는 바람을 향해 위태로운 현실 인식의 단면이 그려진다. 배롱나무도 붉다. 물론 흰색도 있다지만 일반적으로 붉은색으로 인식되고 있다. 피 흘리는 배롱나무의 처절한 모습은 섬뜩하다. 그러나 '슬픔'이라는 시어 뒤에 숨은 화자의 마음은 그리 슬퍼보이지 않는다. 오히려 편안해 보인다. 아주 익숙한 담에 기댄 것처럼.

보일 듯
보일 듯 해

첫사랑
분이 얼굴

해마다
여름이면
꽃등을 이어 달고

마당을 불 지르는 꽃
나도 따라 붉게 타네

                    ―「접시꽃」 전문

어쩌나
비 내리고
풀빛 더욱 짙어졌다

너 가고
봄이 가고
여름 더욱 깊어졌다

올 터진

붉은 그리움

갈래갈래 피었다

　　　　　　　　　—「상사화 —꽃무릇」 전문

　시 「접시꽃」과 「상사화」는 꽃의 가진 외연에 천착한 서정적 감성이 잘 드러난 작품이다. 어렵지 않게 크게 꾸미지 않고 자연스런 서정의 발화를 맛볼 수 있다. 시조의 단수가 가진 매력이다. 대상과 마주한 화자의 모습은 '꽃'에서 누군가를 떠올리고 있으며, 누군가를 찾고 있다. 「접시꽃」에서는 '첫사랑 분이 얼굴'이고 「상사화」에서는 '너'이다. 이 둘은 불특정 다수의 '너'를 뜻하기도 하고 화자의 내면에 숨은 '너'일 수 있다. 그러나 두 작품의 종장에서 '마당을 불지르는 꽃/나도 따라 붉게 타네', '올 터진/붉은 그리움/갈래갈래 피었다'로 처리하면서 '붉다'의 원형적 색채에 기대고 있다. 뿐만 아니라, '누굴까/밤이면 오는/붉은 옷의/저 여인'(「야화—분꽃」)에서도 그러하다. '울안을 가득 메운/희고 붉은 누이꽃'(「코스모스」)도 「얼레지꽃2」도 같다. 이는 화자의 내면 깊숙이 뿌리내린 색채임은 틀림없다. 꽃에 대한 관심이 일차적 관건이겠지만 붉은 색에 대한 심리적 기저는 일상적 차원을 벗어난 것임은 틀림없다. 자연서정에 기댄 내적 욕망의 발로이며 충족되어야만 하는 소망의 다른 모습일 것이다.

　그 외「제비꽃」「얼레지꽃」「홀아비바람꽃」같은 키 작은 꽃들의 이미지가 갖는 소박한 소망은 '달빛' '달'에 이어지면서 여리고 따뜻한 삶을 껴안는 모습으로 이어진다. 그러나「노자의 숲」,「나무는」에서는 화자는 자연과 혼연일체의 모습을 보이고 있다. 성찰을 앞세운 지난 삶에 대한 회의, 현실 그리고 미래에 대한 방향성을 스스로 찾고 있다는 데서 자연서정에 기댄 화자의 모습을 읽을 수 있다.

4. 꽃 ―사랑앓이와 그리움

　시인의 작품에서 '봄'이 유독 많이 등장한다. 시인이 즐겨 다루는 꽃이 피는 계절이 주로 봄이라는 것과 한겨울 웅크렸던 마음과 몸을 활짝 펼 수 있는 부드럽고 안온한 계절적 요인, 새로운 희망이 활짝 열리는 심리적 분위기도 한 몫을 하고 있다.「산란하는 봄」「다랭이마을의 봄」이 그러하다. 「가을 계림 숲」「가을서정」 역시 계절이 주는 풍성함과 스러짐의 이미지를 주는 시가 있는가 하면,「겨울 삽화」의 경우는 춥고 경직된 겨울 이미지를 덮는 희망찬 '봄'의 이미지를 전경화 한다.

　아래의 시들은 앞서 다룬 시들에서 보인 '꽃'의 이미지가 다른 명사와 결합하면서 새로운 관계망을 그린다. '그리움' '이별' '울음' '비' '마음' '눈물' 등이 '사랑'이라는 명사와 결합하면서 화자의 심성이 때로는 허탈하게, 가슴 부풀게, 시름 가득하게, 숨이 차게 허덕인다. 이른바 '사랑앓이'이다.

숨 돌릴 새도 없이
슬그머니 다가와서

피보다 붉은 혼불
온몸에 질러 놓고

살며시 꽃으로 앉은
그대는 누구신가

눈이 먼저 알아버린
이 미친 사랑의 열꽃

온종일 서성이다
그대 올까 고개 들면

저만치 바다에 이는

너울인양 안기는 너

— 「사랑앓이」 전문

　그리움의 대상이 이 시에서도 등장하는데 '너' 또는 '그대' 이다. '꽃' 과 '붉다' 의 관계가 사랑앓이에서도 중심부를 차지하고 있다. '퍼렇게 독으로 앉은/누군가의 마음 꽃/캄캄히/눈물이었을/꽃이 핀다/너 없는 봄'(「생인손」)이 '살며시 꽃으로 앉은/그대는 누구신가' 로 연결된다. 이 둘의 관계가 이전이든 이후든 상호 밀접한 내적 연대감은 '눈이 먼저 알아버린/이 미친 사랑의 열꽃' 으로 이어진다. 눈가 짓무르도록 은유된 사랑앓이는 다른 작품의 간접적 방식에서 조금 벗어나 매우 직접적인 양상을 보인다. 사랑은 그런 것이다. 아닌 척 하는 것은 잠시에 불과하다. 그래서 '부서져라/곤두서서/울음을 토해낸다//(중략)마음을/베이고서도/너 없이 또 어떻게'(「해일」)로 보다 적극적으로 나아간다. 화자의 마음속에 일고 있는 '열꽃' 이나 '해일' 은 같은 의미이다. 확 번졌다가 스러지는 열꽃, 공중 높이 솟았다가 자지러지는 '사랑앓이' 는 이제 '비' 로 환원된다. 그러나 '숨 돌릴 새도 없이/슬그머니 다가와서//피보다 붉은 혼불/온몸에 질러' 놓는다.

툭

후드득

빗방울들

창문을 두드린다

바람을 좇아오는

빗물의 저 아우성

긴긴밤

길 잃은 사랑

비를 타고 내린다

— 「긴긴밤 비는 내리고」 전문

  이제 그리움과 사랑은 '비'에 집약된다. 빗방울이었다가 빗물이었다가 하는 것은 기실 '비'가 아니라 '사랑'이다. '빗물이 주룩주룩/창을 타고'(「나는 여전히 네가 그립다」) 긴긴밤을 헤맨다. 화자의 사랑앓이는 낮과 밤이 따로 없다. 시공간을 초월한다. 바다의 해일이었다가 긴긴밤의 비였다가 바다에 이르기도 한다. 이것을 이끄는 매개체는 물론 '바람'이다. '퍼붓던/비도 멎고/바람도 간데없다'(「비 갠 오후의 단상」) '바람을 좇아오는/빗물의 저 아우성'(「긴긴밤 비는 내리고」)에서 보여준 사랑의 중간매개물은 시공간을 수시로 넘나드는 자유로운 성정을 가졌다. 마음 내키는 대로 움직이는, 가고 싶은 곳으로 가고

야 마는, 그 어떤 장애물이 있어도 넘어가는 속성을 가졌다. 사랑은 이러한 속성을 가진 중간매개물이 있어야만 절망이었다가 다시 희망으로 갈 수 있다. 사랑의 속성은 스스로 아무 것도 할 수 없기 때문이다. 그 무엇에 의한, 촉발된, 강한 에너지에 의해 꽃을 피우거나 지게 할 수 있다.

홍매화 붉은 물결이
온몸을 휘감았다

멈칫, 하는 사이
순간 숨이 멎었다

마음이
봉긋 부풀어
그만 종일 사랑앓이

—「유혹」 전문

너에게 닿고 싶은
그런 날이 있었다

희디흰 벚꽃잎이
눈꽃처럼 흩날릴 때

이대로

죽어도 좋을

목숨이고 싶던 날

　　　　　　—「벚나무 아래서」 전문

　사랑앓이는 모진 풍파를 지나고 견디면서 전혀 다른 모습으로 환치된다. '홍매화'로 환치된 사랑은 더 이상 슬픔이거나 절망이 아니다. 언제 그랬냐는 듯이 퍼붓던 빗줄기도 없는데 무엇이 두려울 것인가. 환한 햇살 아래 '마음이/알아서' 갈 뿐이다. '네 숨결 있는 곳'(「비 갠 오후의 단상」)을 향해서. 그곳은 무풍지대다. '홍매화 붉은 물결이/온몸을 휘감았다//멈칫, 하는 사이/순간 숨이' 멎을 수밖에 없다. 그래야 '종일 사랑앓이'를 할 수 있다.

　사랑앓이는 이제 환희의 극치를 달린다. '너에게 닿고 싶은/그런 날이 있었다//희디흰 벚꽃잎이/눈꽃처럼 흩날릴 때//이대로/죽어도 좋을/목숨이고 싶던 날'을 향해 간다. 그 속도를 멈출 수 없다. 그래서 '죽어도 좋을' 지경에까지 가게 된다. 원래 사랑의 속성은 생과 사의 극지점을 자유롭게 오간다. 손바닥 뒤집듯 변덕스럽다. 소나기처럼 땅이 꺼질 듯 쏟아붓다가 언제 그랬느냐는 듯 멀쩡한 얼굴을 하고 있다. 화자가 '비'와 '바람' '꽃'에 은유된 사랑앓이를 한 이유가 될 것이다.

권정희 시인의 작품은 바람 불듯, 물 흐르듯 여린 감성을 자연 서정에 기대는가하면 내적 충동과 욕망의 변주에 자신을 내맡기며 상처를 어쩌지 못해 '꽃'에 숨거나 '붉다'의 형용사를 동원해 구체적인 심상을 이미지화하는 힘이 있다. 지난 시간들에 대한 성찰과 회의 현실을 못미더워하는 우유부단함도 내포되어 있다. 그러나 여린 심성을 가진 어쩌면 '제비꽃'과 같은 연민을 유발하는 여린 영혼의 소유자는 아닐까 생각해본다. 여기서 다루지 못했지만 한편의 깨끗한 담채화 같은 「매화서옥도」, 숲과 산을 소재로 생의 긍정적 역동성을 이끌어낸 「산에 메아리가 산다」, 「유월, 산정에는」, 「산에 물들다」등에서 시야가 확 트인 삶의 은유를 발견한다. 그 외 「마애보살반가상」 「에밀레종」 「직지, 너를 그리며」등의 작품에서 파악된 성찰과 불교적 인식, 정진의 자세는 시인이 즐겨 차용하는 자연 소재에서 강함과 여림이 조화로워야 진정한 생명성을 가지는 에코페미니즘적 색채까지 엿볼 수 있었다. 팽팽한 긴장과 예리한 감성이 아닐지라도 얼마든지 생의 깊이를 응시하는 시선을 만날 수 있다는 것을 이 시집은 잘 보여주었다. 보다 융숭 깊은 다음 시집이 기대된다.

시와소금 시인선 · 049

별은 눈물로 뜬다

ⓒ권정희, 2016, printed in Seoul, Korea

....

1판 1쇄 발행 2016년 09월 15일

지은이 권정희
펴낸이 임세한
디자인 유재미 정지은
펴낸곳 시와소금
등록번호 제424호
등록일자 2014년 1월 28일
발행 강원도 춘천시 충혼길20번길 4, 1층 (우-24436)
편집 서울시 송파구 백제고분로45길 15, 302호
전화 (02)766-1195, 010-5211-1195
이메일 sisogum@hanmail.net

....

ISBN 979-11-86550-25-0   03810

값 9,000원

'본 시집은 한국예술인복지재단 후원금의 일부로 발간되었습니다.'